スポーツのおはなし　体操《たいそう》

わたしの魔法《まほう》の羽《はね》

小林深雪《こばやしみゆき》　作
いつか　絵

講談社

わたしは、小鳥《ことり》。
背中《せなか》に魔法《まほう》の羽《はね》を持《も》っている。
だから、軽《かろ》やかに空《そら》を舞《ま》うことができるんだ。

でも、ある日《ひ》、その羽《はね》が、折《お》れてしまったら——。

「ことりが跳《と》んだ！」

「高《たか》い！」

タタタッと助走《じょそう》して、いきおいをつけて、マットの上《うえ》で高《たか》く跳《と》びあがる。

空中《くうちゅう》で足《あし》をかかえこんで、ひらりと前転《ぜんてん》して、ピタッと両《りょう》足《あし》で着地《ちゃくち》する。

両手《りょうて》を上《あ》げて、体操《たいそう》のフィニッシュのポーズ。

「すご～い！　まるで背中《せなか》に羽《はね》があるみたい。」

うん。自分《じぶん》でもね。ときどき、そう思《おも》うよ。

背中《せなか》の透明《とうめい》な羽《はね》で、自分《じぶん》が空《そら》を飛《と》んでいるみたいって。

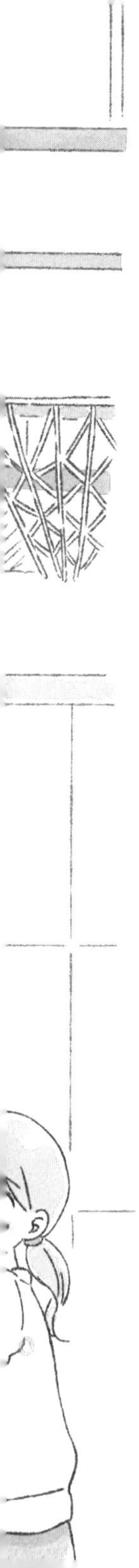

「名前《なまえ》のとおり、鳥《とり》みたい！」

そう。わたしの名前《なまえ》は、「ことり」って言《い》うの。

空野《そらの》ことり。小学《しょうがく》五年生《ねんせい》。

ここは、小学校《しょうがっこう》の体育館《たいいくかん》。

お昼休《ひるやす》みの窓《まど》の外《そと》には、春《はる》の光《ひかり》がふりそそいでいる。五時《じ》間目《かんめ》は、体育《たいいく》の授業《じゅぎょう》で、跳《と》び箱《ばこ》とマット運動《うんどう》なんだ。

「ことり。次《つぎ》は、バク転《てん》をやってみて！」

「いいよ。正式《せいしき》には後方倒《こうほうとう》立回転《りっかいてん》跳《と》びって言《い》うんだよ。」

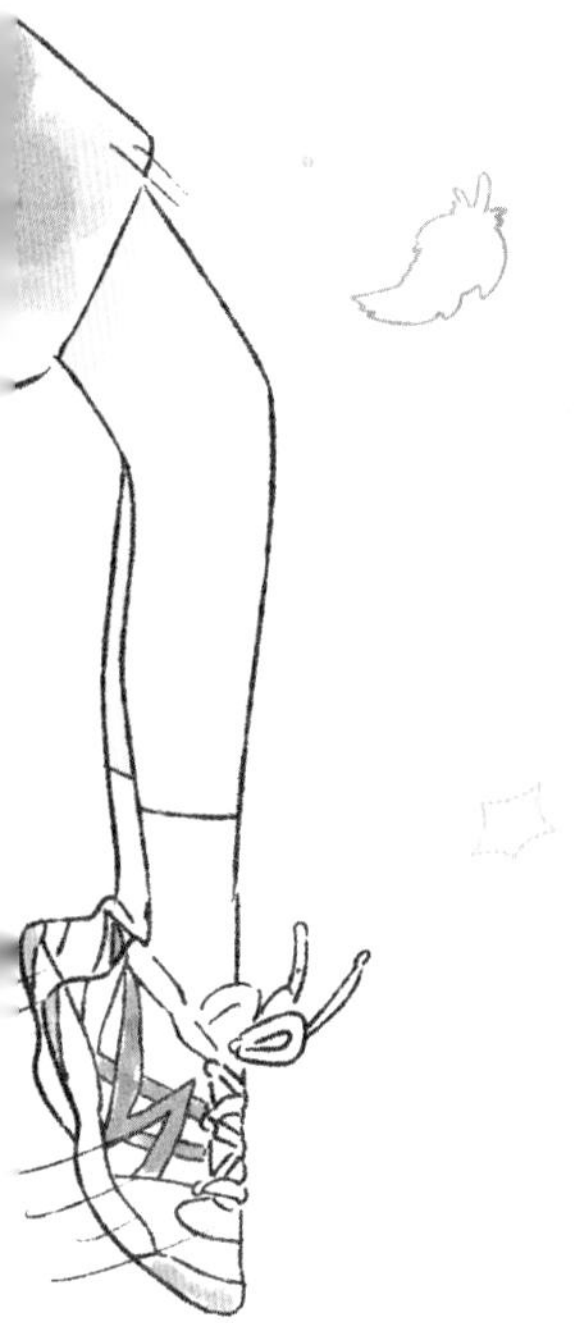

わたしは、かがんでうでをふりあげ体《からだ》をうしろにまあるくそらし、ゆかをけって高《たか》くジャンプする。

くるっとうしろに回転《かいてん》して、手《て》をつき、軽《かろ》やかに着地《ちゃくち》する。肩《かた》の上《うえ》で、ポニーテールがはねる。

「おお～！　すげえな。」

「やってみたい！」

みんなが口々《くちぐち》にさけぶ。

「まずは、逆立《さかだ》ちとブリッジの練習《れんしゅう》からね。」

わたしは、さっとうでを上《あ》げると、背中《せなか》をうしろに曲《ま》げて、そのまま両手《りょうて》をゆかにつける。

「おおおお！　やわらかい！」

「すごい！」

みんながどよめく。

「よし、わたしもやってみる！」

「あ、いたたた！」

ブリッジをやりかけたみんなを、わたしはあわてて止《と》める。

「ムリしちゃだめだよ！　逆立《さかだ》ちだって、なれてないと危険《きけん》なんだから。手首《てくび》をいためたり、ゆかに頭《あたま》を打《う》ったり。」

「え、じゃ、どうすればいいの？」

「体《からだ》をやわらかくするには、毎日《まいにち》、お風呂上《ふろあ》がりにストレッチをしてみて。」

「え？　毎日《まいにち》？」

「うん。わたしは、朝《あさ》と夜《よる》、ストレッチと筋《きん》トレをやってるよ。」

だって、むずかしい技《わざ》を成功《せいこう》させるためには、それに見《み》あった体《からだ》のやわらかさや筋肉《きんにく》が必要《ひつよう》なんだ。

たまにサボりたいときもあるけど、そのかわり、むずかしい技《わざ》ができたときには、跳《と》びあがりたいほどうれしいよ。

「さすが、未来《みらい》のオリンピック選手《せんしゅ》！」

「オリンピックは、クラスのみんなで絶対《ぜったい》に見《み》に行《い》くね！」

「はい。空野《そらの》ことり、がんばります！　めざせ、金《きん》メダル！」

わたしが右手《みぎて》を上《あ》げてさけぶと、

「お～い！　みんな、集合《しゅうごう》！　もう授業《じゅぎょう》は始《はじ》まっているぞ！」

先生《せんせい》の声《こえ》に、わたしもみんなもハッとする。

「え？　いつの間《ま》に？　チャイムなったっけ？」

「あ～あ。今日《きょう》は、空野《そらの》ことり先生《せんせい》の体操《たいそう》の授業《じゅぎょう》にするかな。」

先生《せんせい》のぼやきに、

「賛成《さんせい》！　それがいいで～す！」

みんなが言《い》って、全員《ぜんいん》がドッと笑《わら》った。

「お～い。空野《そらの》。空野《そらの》ことり！」

放課後《ほうかご》、葉桜《はざくら》のしげる緑《みどり》の通学路《つうがくろ》で、翔太《しょうた》くんがうしろから追《お》いかけてきた。

サッカーをやっていて、元気《げんき》いっぱいの男の子《おとこのこ》。

五年生《ねんせい》だけどスタメンで、みんなに人気《にんき》があるんだよ。

日焼《ひや》けした肌《はだ》に、大《おお》きなくりっとした目《め》がバンビみたい。

五年生《ねんせい》のクラス替《が》えで、初《はじ》めて同《おな》じクラスになれたんだけど、まだあまり話《はな》したことはないんだ。

「今日《きょう》の空野《そらの》のバク転《てん》、すげえかっこよかった！　なあ、体操《たいそう》クラブに通《かよ》っているんだって？」

翔太《しょうた》くんが、瞳《ひとみ》をキラキラさせている。

「体操《たいそう》って、あのリボンをくるくる回《まわ》したりするヤツ？」

「ちがうよ。あれは、新体操《しんたいそう》。わたしのやっている女子体操《じょしたいそう》は、ゆか・平均台《へいきんだい》・跳馬《ちょうば》・段違《だんちが》い平行棒《へいこうぼう》の四種目《しゅもく》だよ。」

わたしは笑顔《えがお》で答《こた》える。

「あれ？　つり輪《わ》は？」

「あれは男子《だんし》だけ。男子《だんし》は、六種目《しゅもく》で、ゆか・あん馬《ば》・つり輪《わ》・跳馬《ちょうば》・平行棒《へいこうぼう》・鉄棒《てつぼう》があるんだ。」

「へえ、そうか。あのさ、質問《しつもん》！　技《わざ》に人《ひと》の名前《なまえ》がついてるのがあるけど、あれって技《わざ》を発明《はつめい》した人《ひと》の名前《なまえ》がつくの？」

「あれはね、国際大会《こくさいたいかい》で、さいしょに、その技《わざ》を成功《せいこう》させた選手《せんしゅ》の名字《みょうじ》がつけられるの。日本選手《にほんせんしゅ》の名前《なまえ》がついている技《わざ》もたくさんあるよ。シライとかモリスエとか。」

なんだかうれしくなって、得意《とくい》げに答《こた》えちゃう。

「それ知《し》ってる！　男子体操《だんしたいそう》の試合《しあい》はテレビでやってると、よく見《み》るから。で、日本人選手《にほんじんせんしゅ》の名前《なまえ》の技《わざ》を聞《き》くと、なんかうれしくなってさ。」

「なるなる！　わたしも！」

「じゃあさ、将来《しょうらい》、ソラノって名前《なまえ》の技《わざ》が誕生《たんじょう》するかもしれないんだ？」

「え！　う～ん。どうだろ？　まあ、なくはないかな？」

わたしがそう言《い》うと、翔太《しょうた》くんの顔《かお》が、かがやいた。

「すげえ！　がんばれよ！」

「あはは。」

翔太《しょうた》くんって、明《あか》るくて素直《すなお》で、いい子《こ》なんだな。

「なあ、次《つぎ》の大会《たいかい》っていつ？　クラスのみんなで応援《おうえん》に行《い》くよ！　オレ、体操《たいそう》を生《なま》で見《み》てみたい！」

「ほんと？　次《つぎ》の大会《たいかい》は、夏休《なつやす》みにあるよ。」

「うわあ。絶対《ぜったい》に行《い》く！　すげえ楽《たの》しみ！」

へえ、いい笑顔《えがお》。こっちまで笑顔《えがお》になっちゃう。

そう思《おも》ったら、胸《むね》がドキドキしてくる。

新緑《しんりょく》の中《なか》を涼《すず》しい風《かぜ》が吹《ふ》きぬけて、翔太《しょうた》くんの白《しろ》いシャツがはためいて、まぶしい。

翔太《しょうた》くんが来《き》てくれるなら、わたし、がんばらなきゃ！

そう。まさか、その夏《なつ》の大会《たいかい》に出場《しゅつじょう》できなくなるなんて、そのときのわたしは、想像《そうぞう》もしていなかったんだ――。

「ことり。なんか、いいことあった？」

体操《たいそう》クラブのロッカールームにはいると、未久《みく》がからかうように話《はな》しかけてきた。

同《おな》い年《どし》の未久《みく》は、つやつやの黒髪《くろかみ》のショートヘア。すっきりとした顔立《かおだ》ちで、ボーイッシュでかっこいいんだ。

いちばんの仲《なか》よしで、そして、いちばんのライバル。

「な、なんでもないよ！」

「あ、赤《あか》くなってる、あやしい〜。」

「そんなんじゃないってば！」

翔太《しょうた》くんのことは、前《まえ》からひそかに感《かん》じいいなと思《おも》っていたんだよね。でも、今日《きょう》、初《はじ》めて口《くち》をきいただけだし……。

わたしは、空色《そらいろ》のレオタードに着替《きが》える。鏡《かがみ》の前《まえ》で、髪《かみ》にブラシをかけて、ポニーテールを結《むす》びなおし、レオタードと同《おな》じ色《いろ》のシュシュを根元《ねもと》にキュッと結《むす》びつける。

大会《たいかい》でも、髪《かみ》をとめるシュシュやピンに規定《きてい》はないから、好《す》きな物《もの》を選《えら》べるんだ。ここが、おしゃれの見《み》せどころだから、みんなそれぞれ、こだわりがあるんだよ。

「次《つぎ》、空野《そらの》ことり!」

コーチに呼《よ》ばれる。

「はい!」

位置《いち》につく。まずは、跳馬《ちょうば》の練習《れんしゅう》だ。

しっかりゆかをけって、助走《じょそう》する。

ロイター板《ばん》をバーンという音《おと》がするくらい、力強《ちからづよ》く踏《ふ》み切《き》る。

跳馬《ちょうば》に手《て》をつく。

高《たか》く高《たか》く跳《と》びあがる。

アゴを引《ひ》いて、ひざをかかえこんで回転《かいてん》し、空中《くうちゅう》で体《からだ》をほどいてから着地《ちゃくち》する。これが、前方抱《ぜんぽうかか》えこみ宙返《ちゅうがえ》り。

跳馬《ちょうば》は、ほかの三種目《しゅもく》に比《くら》べて、減点《げんてん》されるポイントが少《すく》ないから、いっしゅんで得点《とくてん》が決《き》まる。

だから、着地《ちゃくち》をピタッと決《き》めることが、とても大切《たいせつ》なんだ。

体《からだ》がフラフラしたり、足《あし》が前《まえ》に出《で》てしまったり、ましてや手《て》をついたりしたら、大減点《だいげんてん》になってしまう。

もうひとつの種目《しゅもく》の段違《だんちが》い平行棒《へいこうぼう》は、鉄棒《てつぼう》の高《たか》いバーと低《ひく》いバーの二本《ほん》を移動《いどう》しながら、倒立《とうりつ》や回転《かいてん》をする。このとき、とにかく、体《からだ》も足《あし》もピンと伸《の》びた美《うつく》しい倒立《とうりつ》ができるかどうかが、すごく重要《じゅうよう》になってくる。
だから、とにかく筋力《きんりょく》をつけて、
地道《じみち》に練習《れんしゅう》するしかない。
四つの中《なか》で、わたしが、
いちばん好《す》きな種目《しゅもく》は、ゆか。
音楽《おんがく》をかけて、ダンス的《てき》な動《うご》きと
アクロバットを組《く》みあわせて
演技《えんぎ》するから、とっても楽《たの》しい。
フィギュアスケートのように、
芸術性《げいじゅつせい》も重要《じゅうよう》で、曲選《きょくえら》びや
ふりつけでも個性《こせい》をはっきりできるんだ。

そして、女子体操《じょしたいそう》の四種目《しゅもく》の中《なか》で、いちばんむずかしいのが平均台《へいきんだい》だと思《おも》う。

平均台《へいきんだい》は、はばが十センチしかないのに、高《たか》さは一・二五メートルもある。けっこう高《たか》い。

その上《うえ》で、上下左右《じょうげさゆう》に体《からだ》がぶれないように、まるでゆかの上《うえ》にいるように演技《えんぎ》しなくちゃいけない。

だから、四種目《しゅもく》の点数《てんすう》を足《た》して競《きそ》う個人総合《こじんそうごう》では、平均台《へいきんだい》が勝敗《しょうはい》をわけることがよくあるんだよ。

「わあ、未久《みく》、すごいねえ。」

「上手《じょうず》だね。さっすが！」

みんなの声《こえ》に、はっとしてふり向《む》くと、未久《みく》が平均台《へいきんだい》の練《れん》

習《しゅう》をしている。
足先《あしさき》まで乱《みだ》れない美《うつく》しい姿勢《しせい》。
動作《どうさ》のひとつひとつがゆうがで、まるで白鳥《はくちょう》みたいだ。
未久《みく》は、平均台《へいきんだい》が得意《とくい》なんだ。
最後《さいご》の着地《ちゃくち》は、後方伸身宙返《こうほうしんしんちゅうがえ》り。それに、さらに、ひねりをくわえてる！
「わあ、決《き》まった！」
しかも、よゆうを持《も》って、ピタッと足《あし》もそろえている。

すごいなあ。

学校《がっこう》では、あんなにもてはやされているわたしだけど、ここでは、前宙《ぜんちゅう》やバク転《てん》ができるくらいじゃ、誰《だれ》もほめてくれない。

体操《たいそう》は、技《わざ》の難度《なんど》や安定性《あんていせい》、構成《こうせい》や美《うつく》しさなどによって、審判《しんぱん》が点数《てんすう》をつけて、得点《とくてん》をあらそう競技《きょうぎ》だ。

技《わざ》は、A《エー》難度《なんど》から始《はじ》まり、B《ビー》、C《シー》、D《ディー》……とむずかしくなっていく。そして、その技《わざ》の難度《なんど》によって、点数《てんすう》が上《あ》がっていき、ミスすると減点《げんてん》される。

未久《みく》とは、体操《たいそう》を始《はじ》めた時期《じき》も、いっしょ。

でも、いつの間《ま》にか差《さ》が開《ひら》いてしまって、最近《さいきん》、未久《みく》の演《えん》技《ぎ》を見《み》ているとあせってしまうんだ。

わたしがほこれるのは、ジャンプ力《りょく》と高《たか》さだけ……。

わたしは、名前《なまえ》のとおり、このままずっと小鳥《ことり》なのかな。

未久《みく》みたいにゆうがな白鳥《はくちょう》には、なれないのかな。

さあ、わたしも平均台《へいきんだい》の練習《れんしゅう》だ。

今日《きょう》は、着地《ちゃくち》のとき、未久《みく》みたいに後方伸身宙返《こうほうしんしんちゅうがえ》りに、ひねりをくわえてみようかな。

新《あたら》しい技《わざ》を試《ため》すときは、かならずコーチの立《た》ち会《あ》いのもとでするように！

そう、いつもきびしく言《い》われていたのに、わたしは調子《ちょうし》がよかったから、ひとりで勝手《かって》にチャレンジしてしまったんだ。

高《たか》く高《たか》く跳《と》びあがり、宙《ちゅう》を舞《ま》ったとき、わたしはふいにバランスをくずした。

あ！　いけない！

と思《おも》った次《つぎ》のしゅんかん、わたしは、足《あし》から、はげしくゆかにたたきつけられていた。

右足《みぎあし》が、くだけちった！
そう思《おも》ったほどのはげしい
いたみに、息《いき》が止《と》まった。
「ことり！」
「空野《そらの》さん！」
未久《みく》やコーチが血相《けっそう》を変《か》えて、
わたしのもとに走《はし》ってくる。

「だ、大丈夫《だいじょうぶ》。」

わたしは、そう言《い》いながら立《た》ちあがろうとした。でも、右《みぎ》足首《あしくび》にはげしいいたみが走《はし》って、立《た》ちあがれない。

しかも、足首《あしくび》が、どんどんはれて、むらさき色《いろ》になってきた。自分《じぶん》の足《あし》に、なにかたいへんなことが起《お》こっている……。

どうしよう。わたし、とんでもない失敗《しっぱい》をしてしまったんじゃない？　ドクンドクン、心臓《しんぞう》の音《おと》だけが、大《おお》きくひびく。

体《からだ》じゅうがふるえてくる。こわい。こわいよ。

わたしは、これからどうなってしまうの？

「すぐに病院《びょういん》へ！」

コーチがさけんだ。

夜《よる》九時《じ》の消灯《しょうとう》のあと、病院《びょういん》はシンと静《しず》まり返《かえ》っている。

うちに帰《かえ》りたい。

パパやママに会《あ》いたい。

今《いま》、わたしは、病院《びょういん》のベッドの上《うえ》にいる。

くらやみの中《なか》で、目《め》を閉《と》じても、すぐにはねむれない。

いろんなことが頭《あたま》の中《なか》をぐるぐる、かけめぐっている。


「え？　骨折《こっせつ》？」

レントゲンを見《み》せてもらうと、右足首《みぎあしくび》の骨《ほね》が折《お》れているのが、はっきりと写《うつ》っていた。

「絶対安静《ぜったいあんせい》です。今夜《こんや》から入院《にゅういん》です。」

年配《ねんぱい》の男《おとこ》の先生《せんせい》が、きっぱりと言《い》う。

「はれが引《ひ》いたところで手術《しゅじゅつ》をします。折《お》れたところをボルトとプレートでとめます。入院《にゅういん》は三週間《しゅうかん》ほどになります。」

「手術《しゅじゅつ》？　三週間《しゅうかん》の入院《にゅういん》!?」

かけつけてくれたママも、それ以上言葉《いじょうことば》が出《で》ない。

「退院後《たいいんご》も、リハビリに通《かよ》ってもらいます。松葉杖《まつばづえ》が取《と》れるのは、手術後《しゅじゅつご》二か月《げつ》くらいでしょう。全治《ぜんち》三か月《げつ》ですね。」

「三か月《げつ》も！」

うそ。うそでしょ？　信《しん》じたくない。

わたしは生《う》まれて初《はじ》めての車《くるま》いすで、看護師《かんごし》さんに病室《びょうしつ》に運《はこ》ばれた。

ことりのバカ。
なんてことしちゃったの。
これから三か月《げつ》、
体操《たいそう》の練習《れんしゅう》が
できないなんて!
ううん。そもそも
骨折《こっせつ》がなおっても、
前《まえ》と同《おな》じように体操《たいそう》が
できるようになるの?
そう気《き》がついて、
ハッと息《いき》が止《と》まった。

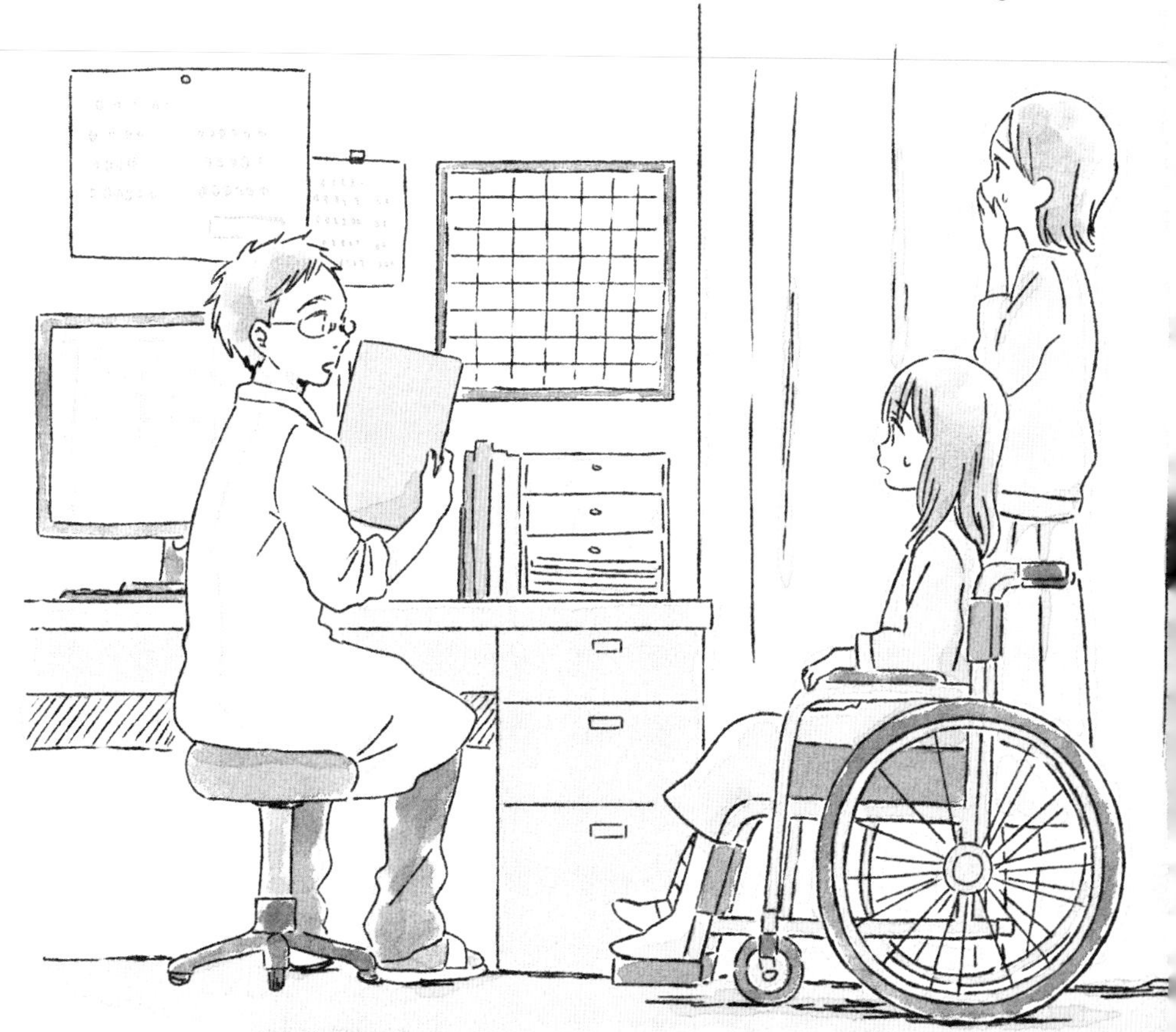

あまりのおそろしさに手《て》の先《さき》が冷《つめ》たくなっていく。

五歳《さい》から始《はじ》めた体操《たいそう》。

筋力《きんりょく》をつけて、体《からだ》がやわらかくなったら、側転《そくてん》もバク転《てん》も、軽《かろ》やかにできるようになった。

できないことができるようになっていく。

小鳥《ことり》のように空《そら》を飛《と》びまわれる。

もう、毎日《まいにち》が、楽《たの》しくて楽《たの》しくてしかたなかった。

でも、最近《さいきん》は、未久《みく》がどんどんうまくなって、あせっていた。未久《みく》よりうまくなりたい。ミスをしたくない。かんぺきな演技《えんぎ》をしたい。

そう思《おも》えば思《おも》うほど、体操《たいそう》が楽《たの》しめなくなっていた。

だから、ムリをした。

でも、まさか、こんなことになるなんて思《おも》わなかった。

あんなに毎日《まいにち》がんばってきたのに、あのいっしゅんのミスで、わたしの体操人生《たいそうじんせい》は終《お》わりなの？

オリンピックの夢《ゆめ》もおしまいなの？

そう思《おも》うと目《め》の前《まえ》がまっくらになった。

もう体操《たいそう》ができないなら、わたし、これからどうしたらいいの？　そう思《おも》うと、胸《むね》が押《お》しつぶされたように苦《くる》しくて苦《くる》しくて、息《いき》がうまくできない。

目《め》の奥《おく》が熱《あつ》くなって、わっと涙《なみだ》があふれてくる。

体《からだ》のどこかがこわれたみたいに、
ボロボロと涙《なみだ》があとからあとから
あふれてくる。
わたしは羽《はね》の折《お》れた小鳥《ことり》。
もう二度《にど》と、
あの空《そら》は飛《と》べない。
そして、飛《と》べなくなった
小鳥《ことり》には、もうなんの
価値《かち》もない。
もう、誰《だれ》も、
ほめてくれない。

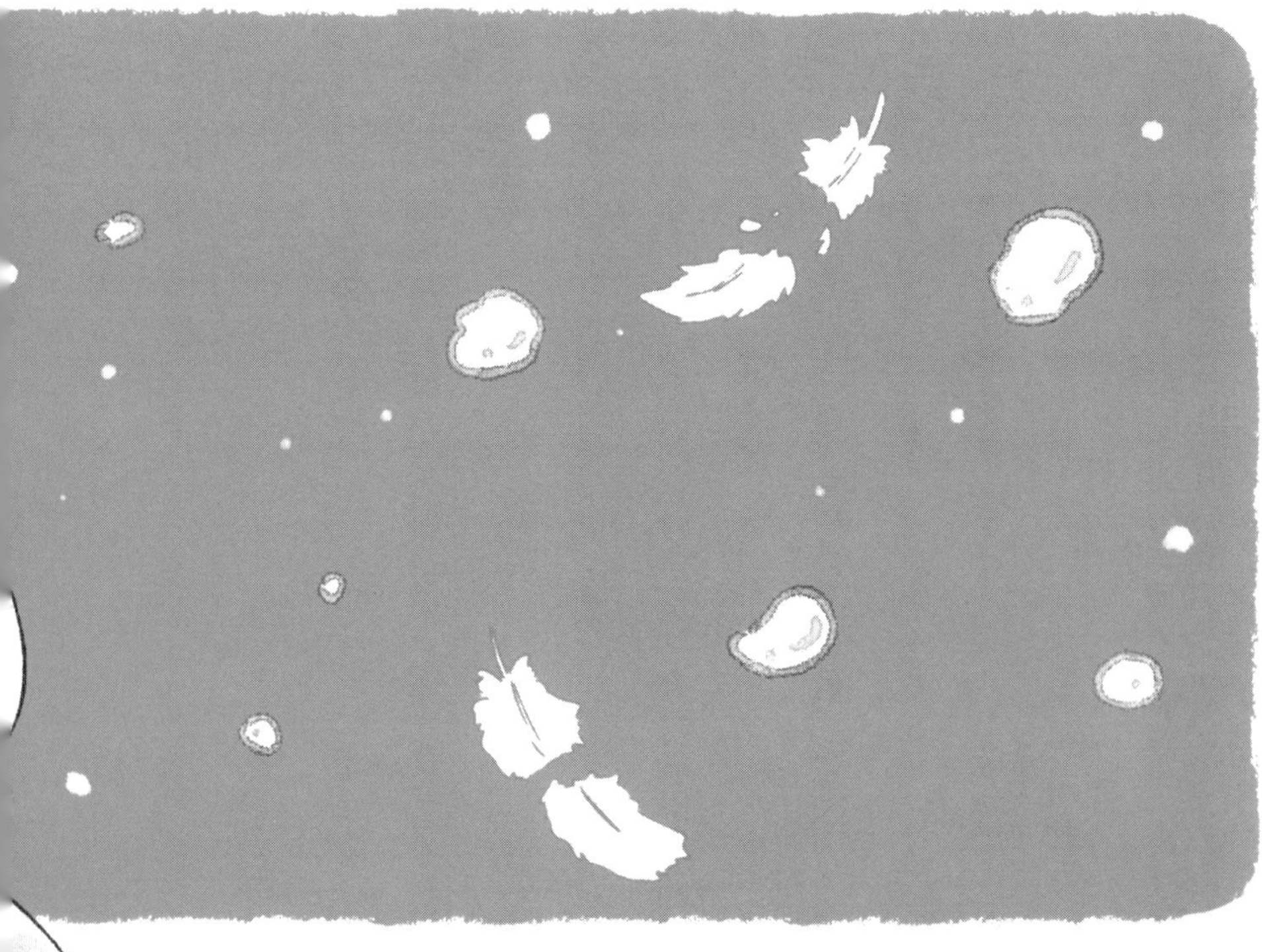

ふり向《む》いてくれない。
必要《ひつよう》としてくれない。
もしかして、
わたしは、自分《じぶん》で
自分《じぶん》の夢《ゆめ》をこなごなに
くだいてしまったの？
夢《ゆめ》も目標《もくひょう》もなくなったら、
わたしは、これからどうやって
生《い》きていけばいいの？
わたしは絶望《ぜつぼう》して、
声《こえ》を殺《ころ》して、泣《な》き続《つづ》けていた。

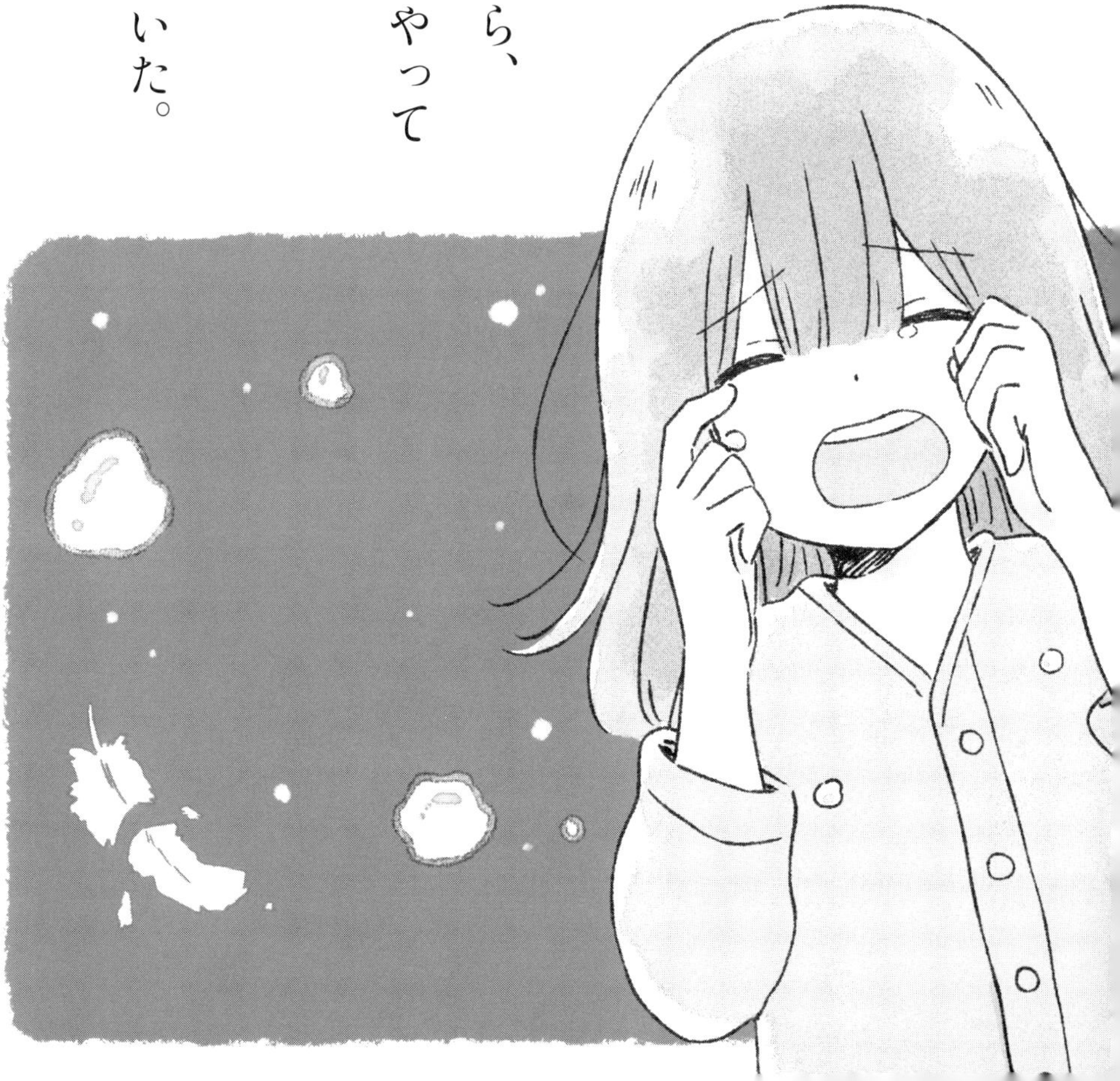

「未久《みく》ちゃんが、お見舞《みま》いに来《き》たいんですって。」

「……ママ、わたし、まだ誰《だれ》にも会《あ》いたくないから。」

未久《みく》には、みじめな自分《じぶん》を見《み》られたくない。

それになにより、未久《みく》の顔《かお》を見《み》たら、体操《たいそう》が毎日《まいにち》できる未《み》久《く》がうらやましくて、泣《な》いてしまいそうだから。

自分《じぶん》ひとりだけが取《と》りのこされたみたいで、悲《かな》しくて、もどかしくて、くやしくて。

のどに、いろんな気持《きも》ちがつまって、呼吸《こきゅう》が苦《くる》しくなる。

「ことりの好《す》きなシフォンケーキを買《か》ってきたわよ。」

「いらない。」

わたしは、そう言《い》って、ママにくるっと背《せ》を向《む》けた。

ママにやつあたりしてるわたしって、最低《さいてい》だ。
そう思《おも》うと、自分《じぶん》がイヤになって涙《なみだ》がにじんでくる。
右足《みぎあし》は、まだ手術《しゅじゅつ》あとのきず口《ぐち》がシクシクといたんでいた――。
あんなにこわかった手術《しゅじゅつ》は、あっけなく終《お》わった。

「さあ、全身《ぜんしん》ますいをしますよ。」

先生《せんせい》の声《こえ》がしたと思《おも》ったら、すぐに意識《いしき》が、ふっととぎれた。そして、目《め》がさめたときには、もう自分《じぶん》の病室《びょうしつ》にいて、すべてが終《お》わっていた。

それから一週間《しゅうかん》は、きず口《ぐち》がふさがるまで安静《あんせい》にしていなければならないので、ほとんどベッドの上《うえ》にいた。

ぼんやりテレビを見《み》たり、まんがをめくったり。勉強道具《べんきょうどうぐ》も持《も》ってきてもらったけど、なにもやる気《き》になれなかった。

ねたきりなので筋肉《きんにく》もすっかり落《お》ちて、たった一週間《しゅうかん》で、みるみる足《あし》が細《ほそ》くなってしまったのには、びっくりした。

ママは、毎日《まいにち》、病院《びょういん》に来《き》てくれて、必要《ひつよう》なものや、わたしの好《す》きなお菓子《かし》やゲームや本《ほん》を持《も》ってきてくれる。

そして、洗《せん》たくものを持《も》って帰《かえ》っていく。

わたしも、ママといっしょに家《いえ》に帰《かえ》りたい。今《いま》は、ただただ家《いえ》に帰《かえ》りたい。


「うん。経過《けいか》はいいね。きず口《ぐち》も、もう大丈夫《だいじょうぶ》だ。」

術後《じゅつご》一週間《しゅうかん》のけんしんで、先生《せんせい》が明《あか》るく言《い》った。

「明日《あした》から病院《びょういん》の中《なか》にあるリハビリルームに通《かよ》って、筋《きん》トレと松葉杖《まつばづえ》の練習《れんしゅう》を始《はじ》めよう。理学療法士《りがくりょうほうし》の先生《せんせい》がついて、メニューを組《く》んでくれるからね。」

「あの、先生《せんせい》。それで、いつ退院《たいいん》できるんですか？」

そればかり言《い》うわたしに、先生《せんせい》が苦笑《にがわら》いしている。

「松葉杖《まつばづえ》が、うまく使《つか》えるようになったら予定《よてい》より早《はや》く退院《たいいん》していいよ。」

「え？　ほんとですか⁉」

ひとすじの光《ひかり》が、暗《くら》い胸《むね》の中《なか》に差《さ》しこんできた。

「じゃあ、がんばって最短《さいたん》で退院《たいいん》します！」

松葉杖《まつばづえ》なんて楽勝《らくしょう》だよ！

運動神経《うんどうしんけい》に自信《じしん》のあるわたしは、そう思《おも》っていたんだけど、現実《げんじつ》は、そんなに、あまくなかったんだ……。

片面《かためん》のかべが、かがみ張《ば》りになったリハビリルームは、まるでスポーツクラブみたいだ。

でも、ここにいる人《ひと》は、みんな、体《からだ》のどこかに包帯《ほうたい》をまいたり、ギプスをしたりしている。

両足《りょうあし》を骨折《こっせつ》している人《ひと》もいる。うでと足《あし》、両方《りょうほう》の人《ひと》も。

そして、誰《だれ》もがみんな、けんめいにリハビリや筋《きん》トレに取《と》りくんでいる。

「はい。松葉杖《まつばづえ》は、はずれないように両《りょう》ワキにぎゅっとしっかりとはさんでください。ペンギンをイメージして。」

わたしの担当《たんとう》の理学療法士《りがくりょうほうし》の先生《せんせい》は、やさしそうな若《わか》い男《おとこ》の先生《せんせい》だった。

「絶対《ぜったい》に右足《みぎあし》をゆかにつかないようにね。」

これですべって転《ころ》んだりしたら、元《もと》も子《こ》もない。

ゆっくりと、おそるおそる、松葉杖《まつばづえ》で歩《ある》いていく。

「松葉杖《まつばづえ》とケガした足《あし》は、つねにいっしょに出《だ》して!」

「はい。」

きんちょうしているせいか、二十分《ぷん》ほどの練習《れんしゅう》で、もう肩《かた》や背中《せなか》がガチガチになってしまった。けっこうつかれる。

「スッスッとなめらかに、うまく歩《ある》けるようになったら、次《つぎ》は、階段《かいだん》の上《のぼ》り下《お》りの練習《れんしゅう》をしますからね。」

「え！　松葉杖《まつばづえ》で階段《かいだん》を下《お》りるのはこわいかも……。」

なんだか思《おも》ったよりも時間《じかん》がかかりそうだ。

「ねえ、骨折《こっせつ》したの？」

松葉杖《まつばづえ》の練習《れんしゅう》と筋《きん》トレが終《お》わり、すみっこにあるいすに座《すわ》ってきゅうけいしていると、近《ちか》くにいた車《くるま》いすのキレイなお姉《ねえ》さんが声《こえ》をかけてきた。

「はい。体操《たいそう》で、平均台《へいきんだい》からの着地《ちゃくち》に失敗《しっぱい》しちゃって。」

わたしが答《こた》えると、お姉《ねえ》さんがほほえんだ。

「わあ、体操《たいそう》をやってるの？　わたし、女子《じょし》のゆかの演技《えんぎ》を見《み》るのが、すごく好《す》きなのよ。女子《じょし》のゆかは音楽《おんがく》があるから楽《たの》しくて。男子《だんし》は音楽《おんがく》はないのよね？」

「はい、そうなんです。でも、音楽《おんがく》と体《からだ》の動《うご》きがあっていないと減点《げんてん》になっちゃうんですよ。」

「そうなんだ。」

お姉《ねえ》さんが身《み》を乗《の》りだす。

「あと、演技中《えんぎちゅう》に、かならず四すみに一回《かい》ずつ、行《い》かないといけないっていうルールがあるんです。」

「へえ、知《し》らなかった。」

お姉《ねえ》さんに、得意《とくい》になって話《はな》しはじめたわたしは、はっとして口《くち》をつぐんで、うつむいてしまう。

「どうしたの？」

「……わたし、もう体操《たいそう》はできないかもしれないと思《おも》うんですす。ずっとオリンピックをめざして努力《どりょく》してきたのに。」

言《い》いながら、泣《な》きそうになって、グッと歯《は》をくいしばる。

「あら、骨折《こっせつ》でしょ？　なおるわよ。できるようになるわよ。」

お姉《ねえ》さんが明《あか》るく言《い》う。

「成長期《せいちょうき》の子《こ》は、なおりが早《はや》いって言《い》うわよ。大丈夫《だいじょうぶ》よ。」

「でも……。」

不安《ふあん》なんだ。はげましてくれているのは、わかるけど。

「骨折《こっせつ》ならいいじゃない。わたしなんか右足《みぎあし》がないのよ。」

え！　耳《みみ》をうたがった。びっくりして、心臓《しんぞう》が止《と》まりそう。

「これ、義足《ぎそく》なのよ。」

あまりのことに、顔《かお》がこわばって絶句《ぜっく》してしまう。

「あ、ごめんね。おどろかせちゃったよね。あなたは元《もと》どおりになるから大丈夫《だいじょうぶ》よって、言《い》いたかっただけなの。」

お姉《ねえ》さんが笑顔《えがお》のまま言《い》った。

「わたしね、交通事故《こうつうじこ》に巻《ま》きこまれたの。」

それから、お姉《ねえ》さんは、自分《じぶん》のことを話《はな》してくれた。

名前《なまえ》は、紗良《さら》さん。大学《だいがく》一年生《ねんせい》だそう。

「わたしは、ただ歩道《ほどう》を歩《ある》いていただけなのよ。そしたら車《くるま》が突《つ》っこんできてね。右足切断《みぎあしせつだん》になっちゃった。」

わたしは、声《こえ》も出《で》なかった。

「最初《さいしょ》はね、なんで、わたしが、こんな目《め》にあわなくちゃいけないいんだって絶望《ぜつぼう》したの。なにも悪《わる》いことしてないのに、なんでわたしがって。正直《しょうじき》、もう死《し》んじゃいたかった。」

聞《き》いているだけで、胸《むね》がしめつけられて目《め》がうるんでくる。

「わたし、高校《こうこう》でテニス部《ぶ》だったのよ。国体《こくたい》にも出《で》たことがあるの。でも、いちばんの特技《とくぎ》のテニスが、もうできない。」

わたしは、入院《にゅういん》した日《ひ》の夜《よる》のことを思《おも》いだす。

すごく、ものすごく気持《きも》ちがわかる。

「でもね。今《いま》は、新《あたら》しい目標《もくひょう》ができたの。」

「目標《もくひょう》ですか？」

「そう。わたし、車《くるま》いすテニスに挑戦《ちょうせん》するつもり。トップ選《せん》手《しゅ》の試合《しあい》を見《み》たら、想像以上《そうぞういじょう》だった。球《たま》の速《はや》さも選手《せんしゅ》のスピードも、心《こころ》から感激《かんげき》したの。」

紗良《さら》さんが、自分《じぶん》に話《はな》すように言《い》った。

「だから、わたし、パラリンピックをめざそうと思《おも》う！」

紗良《さら》さんの笑顔《えがお》。絶望《ぜつぼう》と涙《なみだ》を乗《の》りこえた、その強《つよ》さと明《あか》るさに心《こころ》がふるえた。

すごい。この人《ひと》は、ほんとうにすごい。

そして、落《お》ちこんでスネて未久《みく》をうらやんで、ママにやつ

あたりしている自分《じぶん》が、ものすごくはずかしくなってきた。
そう思《おも》ったら、つうっと目《め》から涙《なみだ》がこぼれた。
「やだ。ことりちゃん。泣《な》かないでよ。」
そう言《い》った紗良《さら》さんの顔《かお》が、くずれて、泣《な》き笑《わら》いの顔《かお》になった。

それから、紗良《さら》さんとは、
リハビリルームで会《あ》うたびに、
おしゃべりするようになった。
そして、紗良《さら》さんに
パラリンピックの本《ほん》をかりた。
車《くるま》いすテニス、車《くるま》いすバスケットボール、
水泳《すいえい》、五人《にん》制《せい》サッカー、自転車競技《じてんしゃきょうぎ》に柔道《じゅうどう》。
義足《ぎそく》で走《はし》る陸上競技《りくじょうきょうぎ》もある。
体操《たいそう》はないけれど、すごく
前《まえ》向《む》きな気《き》持《も》ちになれた。
人《ひと》は、こんなに大《おお》きな

力《ちから》を秘《ひ》めている。
そう気《き》がついて胸《むね》が熱《あつ》くなる。
今《いま》までは、どこかひとごとだった
パラリンピックが、今《いま》は身近《みぢか》に思《おも》えるし、
すごく勇気《ゆうき》をもらえる。
そう。誰《だれ》にも、明日《あした》の運命《うんめい》はわからない。
わたしは、今回《こんかい》のことで思《おも》い知《し》った。
誰《だれ》だって、ふいに病気《びょうき》になったり、
天災《てんさい》や事故《じこ》でケガを
するかもしれないんだ。
けっして、ひとごとじゃないんだ。

それから、理学療法士《りがくりょうほうし》の先生《せんせい》にも、スポーツ選手《せんしゅ》のケガについて、いろいろ聞《き》いてみた。

そして、おどろいた。

オリンピックの代表選手《だいひょうせんしゅ》の中《なか》には、左右《さゆう》のアキレスけんを切《き》ってしまった人《ひと》も、骨折《こっせつ》した人《ひと》も大勢《おおぜい》いるそうだ。

スポーツ選手《せんしゅ》で、ケガとむえんの人《ひと》は少《すく》ない。

でも、みんな、ケガを乗《の》りこえて、かつやくしている。

そう。人生《じんせい》は何度《なんど》でもやり直《なお》せることに、わたしは、やっと気《き》がついたんだ。

そして、退院《たいいん》の日《ひ》がやってきた——。

気持《きも》ちのいい五月《がつ》の青空《あおぞら》に白《しろ》い雲《くも》。

「じゃね～。」

「バイバイ。」

みんなが、さっと教室《きょうしつ》を出《で》ていく。

ろうかをかけるバタバタという足音《あしおと》。

「ことり、ひとりで大丈夫《だいじょうぶ》？

荷物《にもつ》、持《も》とうか？」

クラスの子《こ》が声《こえ》をかけてくれた。

「ありがと。でも、平気《へいき》だよ。」

わたしは、デイパックをせおって、
松葉杖《まつばづえ》で、ゆっくりと教室《きょうしつ》を出《で》ていく。

退院後《たいいんご》も、週《しゅう》二回《かい》、リハビリのため病院《びょういん》に通《かよ》って、歩《ある》く練《れん》習《しゅう》と筋《きん》トレをしている。

こうして、小学校《しょうがっこう》にも通《かよ》い始《はじ》めた。

学校《がっこう》の往復《おうふく》は、パパかママが車《くるま》で送《おく》ってくれるけど、校内《こうない》では、かなり気《き》をつけないといけない。

松葉杖《まつばづえ》で歩《ある》いているときは、ちょっとした段差《だんさ》や、人《ひと》がたくさんいるところが、けっこう危険《きけん》なんだ。

ろうかに出《で》ると、おしゃべりしながら、よそ見《み》して走《はし》ってきた男子《だんし》たちに、どんとぶつかられて、

「あ！」

よろけて転《ころ》びそうになってしまった。

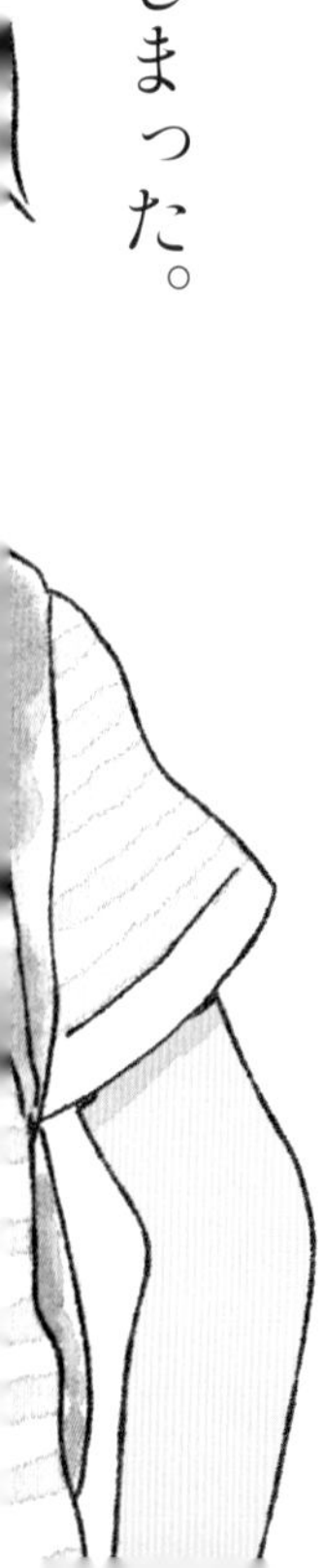

「あぶない！」

ぐいっとうしろからうでをひっぱられて、誰《だれ》かに支《ささ》えられた。

ああ！　よかった。セーフ！

ふ～、ひやっとした。まだ、心臓《しんぞう》がばくばく言《い》ってる。

「あ、ありがとう！」

ほっとしてふり向《む》くと、翔太《しょうた》くんだった。

「空野《そらの》！　歩《ある》くときは、かならず誰《だれ》かについてきてもらえよ。」

翔太《しょうた》くんがこわい顔《かお》して、言《い》った。

「え？　で、でも、なんか、いちいち、誰《だれ》かにたのむのがわるくて。もう松葉杖《まつばづえ》で階段《かいだん》だって上《のぼ》り下《お》りできるし。」

わたし、びっくりして、しどろもどろになってしまう。

「歩《ある》けないと、なんでもすばやくできないし、給食当番《きゅうしょくとうばん》もそうじもできないし。めいわくをかけてばっかりだし……。」

「めいわくかけていいんだって！　困《こま》ってるときは、人《ひと》にたよれよ。オレでよければ、いつでも手伝《てつだ》うから。」

「え？　でも。」

「あのさ、オレも骨折《こっせつ》したことがあるんだよ。」

「え、そうなの？」

「うん。二年前《ねんまえ》、サッカーの試合中《しあいちゅう》に、選手同士《せんしゅどうし》でげきとつしてさ。オレも右足《みぎあし》を折《お》っちゃったんだよ。そんとき、オレ、まわりのみんなにずいぶんたすけてもらったんだ。」

あ、そういえば、前《まえ》に、校内《こうない》で松葉杖《まつばづえ》をついている男《おとこ》の子《こ》を見《み》たことある。そうか。あれ、翔太《しょうた》くんだったんだ。

「気持《きも》ちはわかるよ。でも、そのかわり、あとで自分《じぶん》も困《こま》ってる人《ひと》を見《み》たら、たすけてあげればいいんだよ。」

「あ、そうか！」

「な？　だから、オレはそんときのお返《かえ》しをしてるだけだから、気《き》にすんな。ほら、荷物《にもつ》を持《も》ってやるよ。」

翔太《しょうた》くんの言葉《ことば》に、気持《きも》ちが、ふわっとほぐれて、肩《かた》に入《はい》っていた力《ちから》が、すっとぬけた。

「ありがとう。わたし、自分《じぶん》がなおったら絶対《ぜったい》にそうする。」

「な？　おたがいさまなんだよ。」

翔太《しょうた》くんが笑《わら》って、わたしの口元《くちもと》もほころんだ。

「オレも、今《いま》はサッカーがちゃんとできてるよ。空野《そらの》もちゃんと体操《たいそう》に復帰《ふっき》できるからさ。あせらずなおせよ！」

「うん！　ありがとう。」

しおれていた花《はな》が、水《みず》をそそいでもらったみたい。翔太《しょうた》くんの言葉《ことば》に心《こころ》がうるんで、ゆっくりと元気《げんき》になっていく。

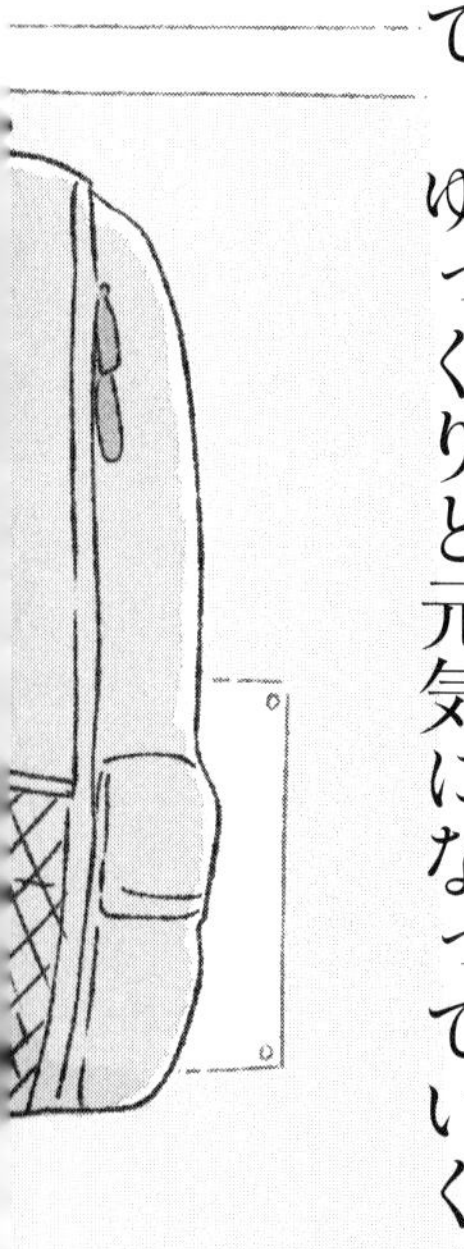

そして、わたしが体操《たいそう》クラブに復帰《ふっき》したのは、退院《たいいん》から半《はん》年後《としご》だった。季節《きせつ》は、秋《あき》になっていた。

「ことり。おかえり！」

不安《ふあん》でいっぱいだったけど、ロッカールームで未久《みく》の笑顔《えがお》を見《み》たら、きんちょうがあっけなく消《き》えた。

「これ、使《つか》って。わたしの手作《てづく》りなの。」

未久《みく》がわたしてくれたのは、空色《そらいろ》のシュシュだった。

飛《と》びたつ小鳥《ことり》のししゅうがしてあって、すごくかわいい。

「ありがとう。未久《みく》。」

「ほんとうにたいへんだったね。心配《しんぱい》したんだよ。これ、ほんとうは、お見舞《みま》いに持《も》っていこうと思《おも》って作《つく》ったの。やっと、わたせてよかった。」

未久《みく》が涙《なみだ》ぐんでいて、びっくりした。

「未久《みく》、ありがとう。わたしは、
これから一《いち》から出直《でなお》しで、
どこまでできるようになれるのか、
どれだけ時間《じかん》がかかるのかも
わからないけど。でも、
これからも友達《ともだち》でいてね。」
わたしの目《め》の奥《おく》も
ジーンとしびれてくる。
「あたりまえじゃない！」
わたしたちはギュッと
だきあった。

復帰《ふっき》といっても、ムリしないで、コーチと相談《そうだん》しつつ、できることから少《すこ》しずつ始《はじ》めた。

まずは初心《しょしん》に戻《もど》って、体操《たいそう》のきそトレーニングからやり直《なお》した。

それから、全身《ぜんしん》を細《こま》やかに使《つか》う表現力《ひょうげんりょく》のために、バレエのレッスンも始《はじ》めた。

でも、平均台《へいきんだい》だけは、こわくて、なかなかできなかった。

恐怖《きょうふ》がよみがえってしまう。

でも、そんなときは、未久《みく》がいつもそばにいてくれた。わたしがこわくて、息《いき》が荒《あら》くなってくると、未久《みく》がいつも、わたしの手《て》をにぎり、いっしょに深呼吸《しんこきゅう》して、リラックスさせてくれた。

「指導者《しどうしゃ》として、これからは、絶対《ぜったい》にケガをさせないからね！」

コーチが、そう宣言《せんげん》してくれたことも、心強《こころづよ》かった。

そうやって、一年《ねん》がかりで、簡単《かんたん》な技《わざ》から、じょじょに難《なん》度《ど》を上《あ》げていった。

手術《しゅじゅつ》から、一年後《ねんご》。わたしは、二泊三日《にはくみっか》で病院《びょういん》に入院《にゅういん》し、足《あし》からボルトとプレートを取《と》りのぞく手術《しゅじゅつ》をした。

そして、それから、さらに一年《ねん》。

わたしは、中学《ちゅうがく》一年生《ねんせい》になっていた。

「ことり、がんばってね！」

「うん！　未久《みく》にもらったシュシュがお守《まも》りだもん。」

中学《ちゅうがく》一年生《ねんせい》の夏休《なつやす》み。

今日《きょう》は、ケガをしてから、初《はじ》めての大会出場《たいかいしゅつじょう》の日《ひ》。

心臓《しんぞう》が小鳥《ことり》のようにバタバタと羽《は》ばたいていた。

でも、今日《きょう》は、大技《おおわざ》はやらずに、難度《なんど》を落《お》とし、ひとつひとつをていねいにやることだけを心《こころ》がけた。

「ことりちゃん、がんばって！」

客席《きゃくせき》からの声援《せいえん》に、顔《かお》を向《む》けると、そこには車《くるま》いすの紗良《さら》さんがいた。

車《くるま》いすテニスを始《はじ》めた紗良《さら》さんとは、退院後《たいいんご》もスマホで連絡《れんらく》を取《と》りあい、はげましあってきたんだよ。

紗良《さら》さんがいるから、心強《こころづよ》い！

跳馬《ちょうば》、段違《だんちが》い平行棒《へいこうぼう》。そして、こわかった平均台《へいきんだい》の着地《ちゃくち》も、なんとか無事《ぶじ》にやることができた。

そして、最後《さいご》の種目《しゅもく》、ゆかの演技《えんぎ》が始《はじ》まった。

音楽《おんがく》に乗《の》っておどる。
パパ、ママ、コーチ、未久《みく》、
体操《たいそう》クラブの仲間《なかま》たち。
紗良《さら》さん。
病院《びょういん》で出会《であ》った人《ひと》たち、先生《せんせい》たち、看護師《かんごし》さん。
学校《がっこう》のクラスメイトたち。翔太《しょうた》くん。
街《まち》で親切《しんせつ》に、手《て》を貸《か》してくれた
名前《なまえ》も知《し》らない人《ひと》たち。
もう、自分《じぶん》ひとりで演技《えんぎ》しているんじゃない。
そんなすべての人《ひと》の力《ちから》を借《か》りて、
演技《えんぎ》しているような気《き》がする。

前《まえ》は、ただ負《ま》けたくなかった。
未久《みく》に勝《か》ちたかった。
すごい難度《なんど》の技《わざ》を決《き》めたかった。
でも、今《いま》はちがう。
体操《たいそう》が、できることがうれしい。
ただ、体《からだ》を動《うご》かせることがうれしい。
ううん。松葉杖《まつばづえ》なしで、自分《じぶん》の足《あし》で
歩《ある》けるだけで、うれしいんだ。
そして、自分《じぶん》を支《ささ》えてくれた
みんなのために、自分《じぶん》ができるかぎりの
演技《えんぎ》をして、それにこたえたい。

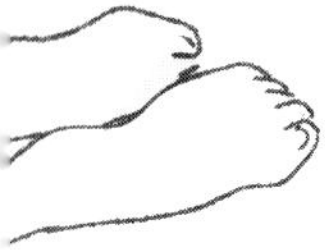

音楽《おんがく》に乗《の》って、ジャンプする。ダンスする。ターンする！

ケガなんかしないほうが、もちろんよかった。

でも、人《ひと》は、ふだん、ただ歩《ある》けることに、こんなに感謝《かんしゃ》なんてしないと思《おも》う。

わたしは、あの絶望《ぜつぼう》をくぐりぬけてきたから、今《いま》は、なにもかもが、ありがたく思《おも》える。

ほんの小《ちい》さなことが、しあわせに思《おも》える。

それを知《し》ることができたことは、これからの人生《じんせい》にとっては、けっしてマイナスではないと思《おも》う。

音楽《おんがく》のテンポが早《はや》くなる。

さあ、最後《さいご》の技《わざ》だ。

　呼吸《こきゅう》を整《ととの》えて、全身《ぜんしん》の神《しん》経《けい》を集中《しゅうちゅう》させる。

　助走《じょそう》からじょじょにギアを上《あ》げて、両手《りょうて》を上《あ》げて、空《そら》へ高《たか》く跳《と》ぶ！　そして、体《からだ》を伸《の》ばしたまま宙返《ちゅうがえ》り。

「わあ、後方伸身宙返《こうほうしんしんちゅうがえ》り！」

「決《き》まった！」

「すご〜い！　ことり！　最高《さいこう》！」

　みんなの声《こえ》が聞《き》こえる。

そして、大《おお》きな拍手《はくしゅ》が起《お》こった。

拍手《はくしゅ》は、いつまでも、いつまでも、なりやまなかった――。


「未久《みく》、おめでとう！」

「ことりも、おめでとう！」

「未久《みく》のシュシュのおかげだよ！」

試合終了後《しあいしゅうりょうご》、未久《みく》とわたしは固《かた》くだきあった。

大会《たいかい》の個人総合《こじんそうごう》で優勝《ゆうしょう》したのは、未久《みく》だった。

わたしは、なんと種目別《しゅもくべつ》のゆかで優勝《ゆうしょう》することができた。

それだけで、夢《ゆめ》のようにうれしい。

「空野《そらの》。おめでとう。」

帰《かえ》りぎわ、会場《かいじょう》を出《で》たところで声《こえ》をかけられた。

信《しん》じられなくて、息《いき》が止《と》まった。

ふり向《む》くと、そこには翔太《しょうた》くんが立《た》っていた。

「見《み》に来《き》てくれたの？」

翔太《しょうた》くんに会《あ》うのは、ひさしぶりだった。小学校《しょうがっこう》の卒業式《そつぎょうしき》以来《いらい》だ。

翔太《しょうた》くんは、サッカーの強豪《きょうごう》私立中学《しりつちゅうがく》に進《すす》んだから、学校《がっこう》は別《べつ》になってしまった。

ちょっと見《み》ない間《あいだ》に背《せ》が伸《の》びて、ぐっと大人《おとな》っぽくなって、ドキドキしてしまう。

「だって、次《つぎ》の大会《たいかい》は、絶対《ぜったい》に見《み》に行《い》くって約束《やくそく》しただろ？」

「でも、その次《つぎ》の大会《たいかい》が二年後《ねんご》になっちゃって、ごめんね。」

わたしの顔《かお》に笑《え》みがうかんで、翔太《しょうた》くんの笑顔《えがお》ととけあった。

「まあ、オリンピックも何《なん》年後《ねんご》でも見《み》に行《い》くからさ！」

「ほんと？」

「うん！」

翔太《しょうた》くんの言葉《ことば》に、ふっと熱《あつ》いものが胸《むね》にこみあげてきて、それが瞳《ひとみ》からあふれそうになる。

「その前《まえ》に翔太《しょうた》くんのサッカーの試合《しあい》を見《み》に行《い》きたいな。」

「来《き》てよ。来週《らいしゅう》あるんだよ。」

「絶対《ぜったい》に行《い》く！」

わたしの返事《へんじ》に、翔太《しょうた》くんの笑顔《えがお》がサイダーみたいにはじけた。

青《あお》い空《そら》に白《しろ》い雲《くも》。

強《つよ》い日差《ひざ》しのシャワーを浴《あ》びて、木々《きぎ》の緑《みどり》がかがやいている。

夏《なつ》の風《かぜ》に、黄色《きいろ》いひまわりがゆれて、ときめきが心《こころ》をはずませる。

体操《たいそう》が、サッカーが、車《くるま》いすテニスが、そう、スポーツが

わたしたちをつなげて、未来《みらい》を生《い》きる力《ちから》をくれる。
どこかで、歓声《かんせい》が聞《き》こえた
ような気《き》がする。
いっぱいの拍手《はくしゅ》。
夢《ゆめ》のオリンピックのステージをめざして、転《ころ》んだって、
失敗《しっぱい》したって、なんどでも立《た》ちあがろう。
そして、わたしたち、ふたりの夏《なつ》が、
やっと、ここから始《はじ》まる――。

体操《たいそう》のまめちしき

オリンピックをもっとたのしむために

体操《たいそう》って、どんなスポーツ？

みなさんが「体操《たいそう》」と聞《き》いてさいしょに思《おも》い浮《う》かべるのは、何《なん》でしょうか？　リボンやフープを使《つか》った競《きょう》技《ぎ》は「新体操《しんたいそう》」と呼《よ》ばれ、今回《こんかい》のお話《はなし》の「体操《たいそう》」とは別物《べつもの》です。ことりちゃんがしていたゆかでの演技《えんぎ》や、平均台《へいきんだい》・跳馬《ちょうば》などの器械《きかい》を使《つか》った体操《たいそう》は「体操《たいそう》」、もしくは「器械体操《きかいたいそう》」と呼《よ》ばれています。

器械体操《きかいたいそう》が始《はじ》まったのは、一八一一年《ねん》のドイツ。その後《ご》、ヨーロッパ各国《かっこく》でさまざまな体操競技《たいそうきょうぎ》の試合《しあい》が行《おこな》われるようになりました。日本《にっぽん》では、一九二六年《ねん》に体操《たいそう》が学校《がっこう》の授業《じゅぎょう》に組《く》み込《こ》まれるようになってから、若者《わかもの》のあいだに広《ひろ》まったとされています。

技《わざ》には技《わざ》の内容《ないよう》を正確《せいかく》に表《あらわ》した名称《めいしょう》と、通称《つうしょう》があります。たとえば、「後方倒立回転跳《こうほうとうりつかいてんと》び」の通称《つうしょう》は「バク転《てん》」。通称《つうしょう》にはさいしょに技《わざ》を成功《せいこう》させた選《せん》手《しゅ》の名前《なまえ》がつけられることもあり、日本人選手《にほんじんせんしゅ》の名前《なまえ》のついた技《わざ》もたくさんあります。

体操《たいそう》は演技時間《えんぎじかん》が短《みじか》いため、技《わざ》のひとつひとつが得点《とくてん》に大《おお》きく影響《えいきょう》します。ミスをしても、瞬時《しゅんじ》に気持《きも》ちを切《き》りかえ、演技《えんぎ》を行《おこな》いきる必要《ひつよう》があるため、強《つよ》い精神力《せいしんりょく》や、あきらめないことが重要《じゅうよう》です。

また、「体《からだ》をやわらかくするには、毎日《まいにち》、お風《ふ》呂《ろ》上《あ》がりにストレッチをしてみて。」と言《い》ったことりちゃんにみんなおどろいていましたね。むずかしい技《わざ》や美《うつく》しい演技《えんぎ》をするためには、日々《ひび》の努《ど》力《りょく》の積《つ》み重《かさ》ねが必要《ひつよう》になってくるのです。

オリンピックの体操《たいそう》には、どんな種類《しゅるい》があるの？

男子体操《だんしたいそう》は、女子《じょし》と同《おな》じゆか、跳馬《ちょうば》のほか、あん馬《ば》、鉄棒《てつぼう》、平行棒《へいこうぼう》、つり輪《わ》の計《けい》六種目《しゅもく》。あん馬《ば》は、馬《うま》の背中《せなか》のような器械《きかい》を使《つか》い、手《て》をつく位置《いち》や向《む》きを変《か》えて演技《えんぎ》します。鉄棒《てつぼう》は、高《たか》さ二メートル八十センチのバーを使《つか》い、手《て》の向《む》きを変《か》えたり、空中《くうちゅう》で体《からだ》をひねったりしながら演技《えんぎ》します。平行棒《へいこうぼう》は、並《なら》んだ二本《ほん》の木製《もくせい》の棒《ぼう》を使《つか》い、体《からだ》を振《ふ》ったときの勢《いきお》いを活《い》かして演技《えんぎ》します。つり輪《わ》は、つり下《さ》げられた輪《わ》を使《つか》い、空中《くうちゅう》でまっすぐ止《と》まったり体勢《たいせい》を変《か》えたりして演技《えんぎ》します。どの種目《しゅもく》も、うでやひざをぴんと伸《の》ばした、メリハリのある動《うご》きが魅力《みりょく》です。

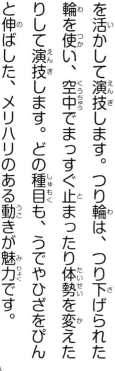

体《たい》操《そう》競《きょう》技《ぎ》を見《み》るときのポイント

体操《たいそう》では、技《わざ》の難度《なんど》や美《うつく》しさ、安定性《あんていせい》などを基準《きじゅん》に得《とく》点《てん》をつけ、順位《じゅんい》を競《きそ》います。高《たか》い難度《なんど》の技《わざ》に挑戦《ちょうせん》しても、美《うつく》しくなければ減点《げんてん》されるため、自分《じぶん》の能力《のうりょく》に合《あ》わせた難度《なんど》の技《わざ》を選《えら》び、美《うつく》しく行《おこな》うことが重要《じゅうよう》です。

そんな体操《たいそう》の見《み》どころは、なんといっても迫力《はくりょく》です。ことりちゃんが言《い》っていたように、いっしゅんで得点《とくてん》が決《き》まる種目《しゅもく》も多《おお》いので、選手《せんしゅ》から目《め》が離《はな》せません！

また、選手《せんしゅ》たちが試合前《しあいまえ》に手足《てあし》につけている白《しろ》い粉《こな》は、すべり止《ど》めの炭酸《たんさん》マグネシウムです。すべり止《ど》め効《こう》果《か》をより高《たか》めるため、ハチミツや水《みず》を手《て》にぬりこむ選手《せんしゅ》もいます。そういった、選手《せんしゅ》のこだわりに注目《ちゅうもく》してみるのもおもしろいかもしれません。

※2020年《ねん》の東京《とうきょう》パラリンピックでは、体操《たいそう》の競技《きょうぎ》は行《おこな》われません。

小林深雪｜こばやしみゆき

作家。埼玉県出身。武蔵野美術大学卒。青い鳥文庫、YA! ENTERTAINMENT（いずれも講談社）などに著書があり、10代の少女の人気を集める。童話『どうぶつのかぞく　ホッキョクグマ　ちびしろくまのねがいごと』（講談社）のほか、漫画原作も多数手がける。2006年に、『キッチンのお姫さま』（「なかよし」掲載）で講談社漫画賞を受賞。

いつか

イラストレーター。書籍の装画、挿絵、キャラクターデザイン、漫画制作などで活躍。装画・挿絵を手がけた作品に、『大渋滞』（PHP研究所）、『ストロベリーデイズ 友情〜くもりのち晴れ〜』、『ストロベリーデイズ 初恋〜トキメキの瞬間〜』（ともに主婦の友社）、『あの日、そらですきをみつけた』（小学館）などがある。

ブックデザイン／脇田明日香
巻末コラム／編集部

スポーツのおはなし　体操《たいそう》
わたしの魔法《まほう》の羽《はね》

2020年2月17日　第1刷発行

作　小林深雪《こばやしみゆき》
絵　いつか
発行者　渡瀬昌彦
発行所　株式会社講談社
〒112-8001 東京都文京区音羽2-12-21
電話　編集 03-5395-3535　販売 03-5395-3625　業務 03-5395-3615
印刷所　共同印刷株式会社
製本所　島田製本株式会社

N.D.C.913 79p 22cm ISBN978-4-06-518614-5